Deportes extremos

ciclismo de montaña

ALLAN MOREY

BLACK RABBIT BOOKS

Bolt es una publicación de Black Rabbit Books
P.O. Box 227, Mankato, Minnesota, 56002
www.blackrabbitbooks.com

Alissa Thielges, editora; Michael Sellner,
diseñador del interior y investigación fotográfica

Información del catálogo de publicaciones de la biblioteca del congreso
Names: Morey, Allan, author.
Title: Ciclismo de montaña / Allan Morey.
Other titles: Mountain biking. Spanish
Description: Mankato, Minnesota: Black Rabbit Books, 2024. |
Series: Deportes extremos | Includes index. | Audience: Ages 8-12 |
Audience: Grades 4-6
Identifiers: LCCN 2023016860 (print) | LCCN 2023016861 (ebook) | I
SBN 9781623109431 (library binding) | ISBN 9781623109516 (ebook)
Subjects: LCSH: Mountain biking—Juvenile literature.
Classification: LCC GV1056 .M6618 2024 (print) | LCC GV1056 (ebook) |
DDC 796.63—dc23/eng/20230411
LC record available at https://lccn.loc.gov/2023016860
LC ebook record available at https://lccn.loc.gov/2023016861

Impreso en China

Image Credits

Alamy: Andrew Lloyd 9, (t), 13, Danita Delimont 29, NicVW 20, sportpoint 26, U. J. Alexander 14 (b); AP Images: LiveMedia 25 (b); Bike Radar: Vital MTB 4–5; Dreamstime: Amaiquez 25 (t), Vclements 1, Victor Lucas 6–7; Getty: Ascent/PKS Media Inc. 14 (t), FRANCK FIFE 9 (tr), Whit Richardson 15; iStock: Artur Nichiporenko 19 (t), Grafner 3, 32, Lilkin 23, stockstudioX 14 (m); Shutterstock: AdamArselan 16 (purple bike), Alex Kravtsov cover, Gena73 10–11, Lilkin 19 (m), 22–23, 31, Marek Tr 9 (ramp, silhoettes), 17 (pink bike), Patrik Slezak 18–19 (bkgd), Real Sports Photos 16–17 (center biker), silvano audisio 19 (b); U.S. Army Corps of Engineers, Baltimore District: David Gray 16–17 (bkgd)

Contenidos

CAPÍTULO 1
Acelerar cuesta abajo. 5

CAPÍTULO 2
El deporte del ciclismo de montaña. 8

CAPÍTULO 3
Preparándose. 18

CAPÍTULO 4
Competencias. 24

Otros recursos. 30

TROY LEE

cuesta abajo

Un ciclista de montaña pedalea con fuerza. Acelera cuesta abajo. El viento silba a través de su casco. Tierra y rocas crujen bajo sus neumáticos. Adelante ve una **meseta**. El ciclista sale disparado en un salto. Vuela por los aires y logra aterrizar.

Giros y saltos

A continuación viene un camino en zigzag. El ciclista se inclina hacia la curva cerrada. La **banda de rodadura** con tacos de los neumáticos escarba en la tierra. Se lanza en picada en torno a una esquina, luego otra. Hay más saltos y giros. El corazón le palpita con fuerza mientras está alerta a todo tipo de **obstáculos**. ¡Está emocionado por lucir sus habilidades en el ciclismo de montaña!

El estadounidense Joe Breeze construyó la primera bicicleta de montaña moderna en 1977.

CAPÍTULO 2

El deporte del ciclismo de montaña

¿Qué es el ciclismo de montaña? Es el deporte de andar en bicicleta fuera de la carretera. ¡Pero no solo es en las montañas! Los ciclistas de montaña recorren todo tipo de **terreno** irregular. Los senderos pueden ser arenosos o de tierra compacta. Algunos están surcados por raíces de árboles. Otros están cubiertos de rocas puntiagudas. Los circuitos más extremos tienen saltos y obstáculos.

tierra compacta

arena

salto principal
borde
transición
Pasos de un salto
despegue
zona de aterrizaje

PARTES DE UNA BICICLETA DE MONTAÑA

Las bicicletas de montaña tienen partes especiales para soportar caminos difíciles y obstáculos.

MANILLAR ANCHO

mayor control en vueltas pronunciadas

MARCO GRANDE

hace más resistente a la bicicleta

PEDALES PLANOS

pequeños pasadores evitan que los zapatos del ciclista resbalen

Caminos desafiantes

La mayoría de los ciclistas de montaña disfrutan los retos. En lugar de ir por carreteras o caminos pavimentados, zigzaguean por senderos disparejos. Las subidas empinadas pueden ser difíciles de conquistar. Un camino pedregoso puede ser complicado de atravesar. Pero acelerar cuesta abajo y en torno a las **bermas** hace que valga la pena. ¡Qué emocionante!

Los ciclistas de montaña necesitan buen equilibrio y músculos fuertes en las piernas.

Señales de los caminos

fácil

pendientes suaves y pocos obstáculos

intermedio

más obstáculos y subidas más empinadas

difícil

saltos y obstáculos técnicos

Parques para ciclismo de montaña

Los ciclistas suelen correr en parques para ciclismo de montaña. Estas áreas pueden formar parte de un parque local o estatal. Los caminos están hechos especialmente para ciclismo de montaña. Algunos de los parques más extremos están en estaciones de esquí. Durante el verano, los ciclistas usan las telesillas para llegar a lo alto de una montaña. Luego descienden a gran velocidad por los caminos agrestes.

extremo

bajadas empinadas y saltos sobre brechas

OBSTÁCULOS EN EL CICLISMO DE MONTAÑA

Dominar los obstáculos puede ser difícil. Los ciclistas practican en un área de práctica. Es menos peligroso practicar allí que en un sendero.

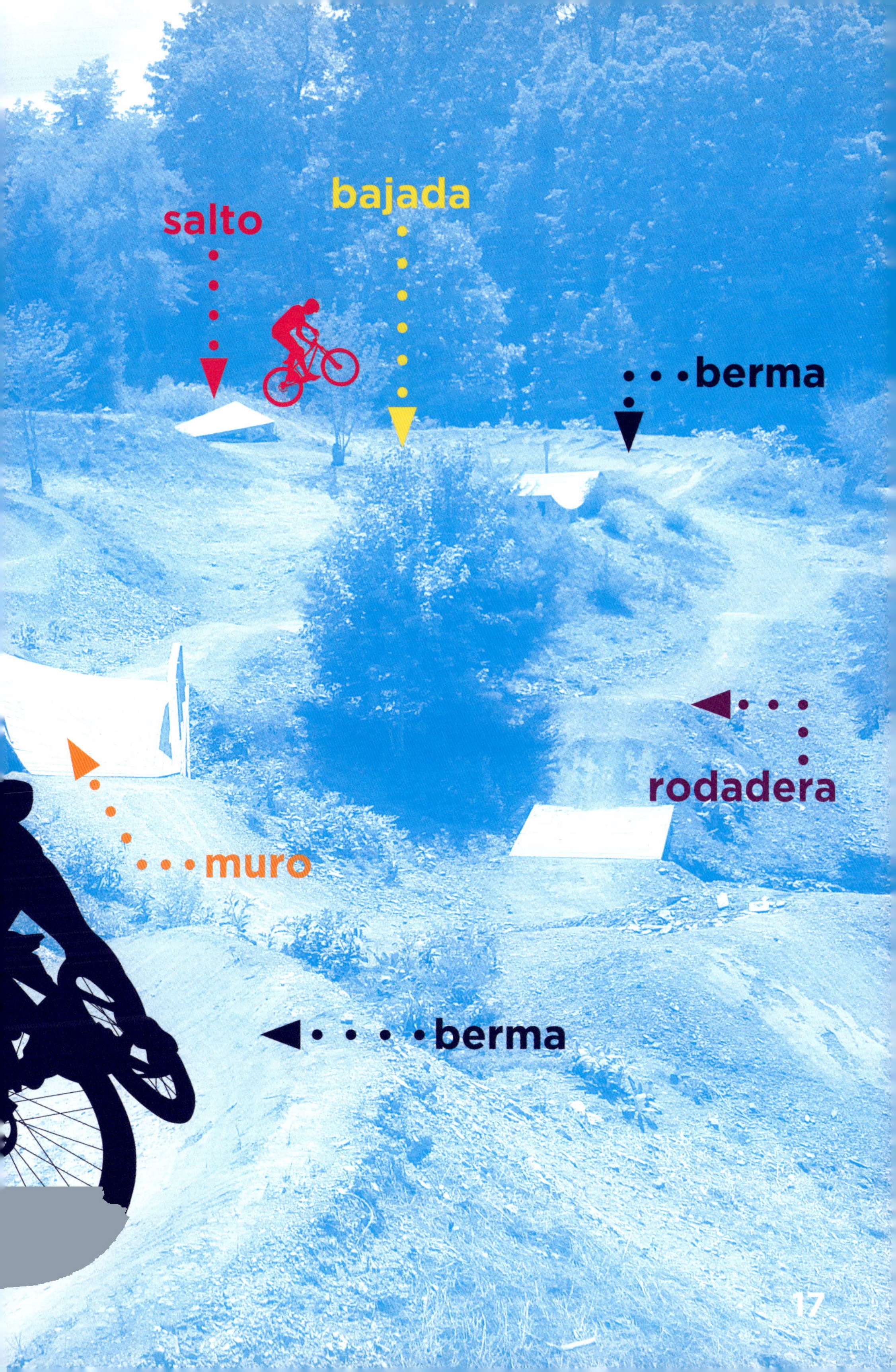
bajada
salto
berma
rodadera
muro
berma

CAPÍTULO 3

Preparándose

Las bicicletas de montaña están construidas con marcos fuertes. Sirven para pasar sobre las rocas y hacer saltos en el aire. Sus anchos neumáticos de tacos proporcionan **tracción** sobre caminos difíciles y vueltas pronunciadas.

Las bicicletas rígidas tienen **suspensión** delantera. Son las mejores para caminos más lisos. Las bicicletas de doble suspensión tienen suspensión delantera y trasera. Son mejores sobre caminos irregulares.

Tipos de bicicletas de montaña

De campo traviesa

ligera y hecha para cubrir muchas millas

Sendero

buena para subir y bajar colinas a toda velocidad

De cuesta abajo

la mejor para manejar la sacudida de grandes baches

MAXXIS
GIANT
GIANT

Mantenerse seguro

Pueden producirse choques. Un ciclista puede resbalar o aterrizar mal después de un salto. Los ciclistas usan casco en todos los senderos. Los guantes les protegen las manos de rasguños contra las rocas y los árboles. Las gafas evitan que les entren insectos y tierra a los ojos. Para caminos extremos, los ciclistas se ponen protectores adicionales.

Los ciclistas extremos corren en áreas remotas. Llevan una mochila con comida, agua y un botiquín de primeros auxilios. También suelen llevar herramientas para arreglar su bicicleta.

Equipo de protección

GUANTES

CHALECO PROTECTOR

CAPÍTULO 4

Competencias

Los ciclistas de montaña compiten en diferentes tipos de eventos. Las carreras a campo traviesa son las más populares. Incluso es un deporte olímpico. Los ciclistas corren por senderos de tierra, por tramos largos y rápidos. Los tramos cortos y tortuosos tienen jardines de rocas. La carrera puede ser de más de 100 millas (161 kilómetros) de largo.

senderos de tierra

jardines de rocas

FORMAT
SHIMANO
14
EQUINOX

Carreras cuesta abajo

Las carreras cuesta abajo también son populares. Los caminos empinados son riesgosos y rápidos. Los ciclistas empiezan en la cima de una colina. Rebotan sobre raíces de árboles y rocas. Aceleran por bajadas empinadas. ¡Gana el primero en llegar a la base!

Las carreras cuesta abajo se realizan en todas partes del mundo. Los ciclistas **de élite** compiten en la serie nacional que se lleva a cabo en Estados Unidos.

Aventura en dos ruedas

Los mejores ciclistas de montaña disfrutan las emociones fuertes. Bajan por acantilados empinados. Avanzan sobre troncos y trepan sobre las rocas. Recorren largas distancias en lugares remotos. Se necesita habilidad y confianza en sí mismo para aceptar estos retos.

Ruta de bicicleta de montaña de la Gran Divisoria

el sendero más largo para ciclismo de montaña:

3.088 millas

(4.970 km)

GLOSARIO

banda de rodadura: la parte de un neumático que toca el suelo

berma: un viraje inclinado

élite: relacionado con el más alto nivel de competencia

meseta: colina con una cima plana

obstáculo: objeto a esquivar o saltar

suspensión: las partes de una bicicleta que conectan el cuerpo con los neumáticos y le permiten moverse con mayor suavidad sobre superficies disparejas

terreno: suelo o tierra

tracción: el poder de agarre que impide que un objeto en movimiento resbale sobre una superficie

ÍNDICE

C

caminos, 8, 9, 12, 14–15, 16, 18, 21, 24, 27, 28

carreras a campo traviesa, 23, 24

carreras cuesta abajo, 27, 28

E

equipo, 21, 22–23

J

Juegos Olímpicos, 24

N

neumáticos, 5, 6, 10, 18

O

obstáculos, 5, 6, 8, 10, 16–17

P

parques, 15

partes de la bicicleta, 10–11

practicar, 16

S

seguridad, 21, 22–23

suspensión, 10, 18

T

tipos de bicicletas, 18, 19